中國書店藏版古籍叢刊

難經本義

元·滑壽 撰 元·王肯堂 輯

中國書店

出版説明

《古今醫統正脉全書》，明王肯堂匯輯。

王肯堂（一五四九—一六一三），字宇泰，號損庵，自號念西居士，江蘇金壇人。早年攻讀文史，精通醫學，曾任福建參政等職。晚年隱居家鄉，廣泛搜集歷代醫學文獻，匯輯成《古今醫統正脉全書》。

《古今醫統正脉全書》，又稱《醫統正脉全書》，包括《黄帝素問靈樞經》《針灸甲乙經》《中藏經》等四十四種中醫典籍。該叢書爲醫學史上匯刻較早的醫學叢書，保存了不少珍貴的古代醫學文獻。各個醫書的版本，王肯堂多據宋元版醫書考證，受到了後世醫者、校刊者的重視。《古今醫統正脉全書》自成書後，于明萬歷二十九年（一六〇一）由新安吴勉學最早刊刻；清代時江陰朱文震再次鏤版刷印；至民國十二年（一九二三），北平中醫學社根據朱文震刻版修補版片，刷印發行。

鑒于其中中醫文獻的珍貴價值，此次中國書店據清江陰朱文震刻版（經民國北平中醫學社修補版片）擇取部分醫書刷印。由于年代久遠，原版偶有殘損，刷印時特參照原書對殘損之頁進行了必要補配，以保持完整。該書的出版，不僅有利于中醫理論研究、中醫古籍文獻整理，也爲保存、傳播我國中醫藥文化作出了積極貢獻。

中國書店出版社
癸巳年夏月

難經本義序

素問靈樞醫之大經大法在焉後世諸方書皆本於此然其言簡古淵涵未易通曉故秦越人發爲八十一難所以推明其義也然越人去古未遠其言亦深一文一字意周旨密故爲之註釋者亦數十家但各以臆見而卒無歸一之論或得此而失彼或舉前而遺後非惟自誤又以誤人識者病焉許昌滑君伯仁篤實詳敏博極羣書工於醫者三十四年起廢愈痼不可勝紀遂晝惟夕思旁推遠索作難經本義二卷析其精微探其隱賾鈎其玄要疑者辨之誤者正之諸家之善者取之於是難經之書辭達理明條分縷解而素問靈樞之奧亦由是而得矣夫人之生死係於醫醫之本原出於經經之旨不明其害可勝言哉然則伯仁之功豈小補者耶

至正二十六年二月工部郎中揭汯序

難經本經序

醫之爲道聖矣自神農氏凡艸本金石可濟夭死札瘥悉列諸經而八十一難自秦越人推本軒岐鬼臾區之書發難析疑論辯精詣鬼神無遁情爲萬世法其道與天地並立功豈小補也哉且夫人以七尺之軀五臟百骸受病六氣之沴乃繫於三指點按之下一呼一吸之間無有形影特切其洪細濡伏若一髮苟或謬誤則脈生而藥死之矣而可輕以譚醫而可易以習醫耶寓鄞滑伯仁故家許許去東垣近蚤爲李氏之學遂名于

醫予雅聞之未識也今年秋來遺所譔難經本義閱之使人起敬有是哉君之精意於醫也條釋圖陳脈絡尺寸部候虛實簡而通決而明予雖未嘗學而思亦過半矣嗚呼醫之道生道也道行則生意充宇宙澤流無窮人以壽死是則往聖之心也世之學者能各置一通於側而深求力討之不爲良醫也者幾希烏乎越人我師也伯仁不爲我而刋諸梓與天下之人共之是則伯仁之心也故舉其大指爲序

至正七十五年龍邐甲辰十月既望翰林學士承旨榮

祿大夫知制誥兼修國史張翥序

難經本義卷上

周　盧國扁鵲秦越人撰
元　許昌滑壽伯仁本義

一難曰十二經皆有動脈獨取寸口以決五臟六腑死生吉凶之法何謂也

十二經謂手足三陰三陽合爲十二經也手經則太陰肺陽明大腸少陰心太陽小腸厥陰心包少陽三焦也足經則太陰脾陽明胃少陰腎太陽膀胱厥陰肝少陽膽也皆有動脈者如手太陰脈動中府雲門

天府俠白手陽明脈動合谷陽谿手少陰脈動極泉手太陽脈動天窻手厥陰脈動勞宮手少陽脈動禾窌足太陰脈動箕門衝門足陽明脈動衝陽大迎人迎氣衝足少陰脈動太谿陰谷足太陽脈動委中足厥陰脈動太衝五里陰廉足少陽脈動下關聽會之類也謂之經者以榮衛之流行經常不息者而言謂之脈者以血理之分衺行體者而言也故經者徑也脈者陌也越人之意蓋謂凡此十二經經皆有動脈如上文所云者今置不取乃獨取寸口以決藏府死

生吉凶何耶

然寸口者脈之大會手太陰之脈動也然者答辭諸篇倣此

此一篇之大指下文乃詳言之寸口謂氣口也居手太陰魚際卻行一寸之分氣口之下曰關曰尺云者皆手太陰所歷之處而手太陰又爲百脈流注朝會之始也五藏別論帝曰氣口何以獨爲五藏主岐伯曰胃者水穀之海六府之大源也五味入口藏於胃以養五藏氣而變見於氣口也靈樞第一篇云脈會太淵玉版論云行奇恒之法自太陰始注謂先以氣

口太陰之脈定四時之正氣然後度量奇恒之氣也經脈別論云肺朝百脈又云氣口成寸以決死生合數論而觀之信知寸口當手太陰之部而爲脈之大會明矣此越人立問之意所以獨取夫寸口而後世宗之爲不易之法著之篇首乃開卷第一義也學者詳之

人一呼脈行三寸一吸脈行三寸呼吸定息脈行六寸人一日一夜凡一萬三千五百息脈行五十度周於身漏水下百刻榮衞行陽二十五度行陰亦二十五度爲

一周也故五十度復會於手太陰寸口者五臟六腑之所終始故法取於寸口也

承上文言人謂平人不病而息數勻者也呼者氣之出陽也吸者氣之入陰也內經平人氣象論云人一呼脈再動一吸脈再動呼吸定息脈五動閏以太息命曰平人故平人一呼脈行三寸一吸脈行三寸呼吸定息脈行六寸以呼吸之數言之一日一夜凡一萬三千五百息以脈行之數言之則五十度周於身而榮衛之行於陽者二十五度行於陰者亦二十五

度出入陰陽參行互注無少間斷五十度畢適當漏下百刻爲一晬時又明日之平旦矣迺復會於手太陰此寸口所以爲五臟六腑之所終始而法有取於是焉蓋以榮衛始於中焦注手太陰陽明陽明注足陽明太陰太陰注手少陰太陽太陽注足太陽少陰少陰注手心主少陽少陽注足少陽厥陰計呼吸二百七十息脈行一十六丈二尺漏下二刻爲一周身於是復還注手太陰積而盈之人一呼一吸爲一息每刻一百三十五息每時八刻計一千八十息十二

時九十六刻計一萬二千九百六十息刻之餘分得
五百四十息合一萬三千五百息也一息脈行六寸
每二刻二百七十息脈行一十六丈二尺每時八刻
脈行六十四丈八尺榮衛四周於身十二時計九十
六刻脈行七百七十七丈六尺爲四十八周身刻之
餘分行二周身得三十二丈四尺總之爲五十度周
身脈得八百一十丈也此呼吸之息脈行之數周身
之度合晝夜百刻之詳也行陽行陰謂行晝行夜也
二難曰脈有尺寸何謂也然尺寸者脈之大要會也

尺說文云尺度名十寸也人手卻十分動脈爲寸口
十寸爲尺規矩事也古者寸尺只尋常仞諸度量皆
以人之體爲法故从尸从乙象布指之狀寸十分也
人手卻一寸動脈謂之寸口从又从一〇案如說文
所紀尤可見人體中脈之尺寸也尺陰分寸陽分也
人之一身經絡榮衛五臟六腑莫不由於陰陽而或
過與不及於尺寸見焉故爲脈之大要會也一難言
寸口爲脈之大會以肺朝百脈而言也此言尺寸爲
脈之大要會以陰陽對待而言也大抵手太陰之脈

由中焦出行一路直至兩手大指之端其魚際卻行一寸九分通謂之寸口於一寸九分之中曰尺曰寸而關在其中矣

從關至尺是尺內陰之所治也從關至魚際是寸口內陽之所治也

關者掌後高骨之分寸後尺前兩境之間陰陽之界限也從關至尺澤謂之尺尺之內陰所治也從關至魚際是寸口寸口之內陽所治也故孫思邈云從肘腕中橫文至掌魚際後文卻而十分之而入取九分是為尺此九分者自肘腕入至魚際為一尺十分之十寸取第九分之一寸中為脈之尺位也從魚際後文卻還度取十分之一則是寸此寸字非寸關尺之寸乃從肘腕橫文至魚際卻而取十分中之一是一寸也以此一寸之中取九分為脈之寸口故下文云寸十分之而入取九分之中則寸口也

故分寸為尺分尺為寸

寸為陽尺為陰陽上而陰下寸之下尺也尺之上寸也關居其中以為限也分寸為尺分尺為寸此之謂歟分猶別也

故陰得尺內一寸陽得寸內九分

老陰之數終於十故陰得尺內之一寸此尺字指魚際至尺澤通計十寸者而言老陽之數極於九故陽得寸內之九分此寸字指魚際後一寸而言

尺寸終始一寸九分故曰尺寸也

寸爲尺之始尺爲寸之終云尺寸者以終始對待而言其實則寸得九分尺得一寸皆陰陽之盈數也龐安常云越人取手太陰之行度魚際後一寸九分以配陰陽之數蓋謂此也

三難曰脈有太過有不及有陰陽相乘有覆有溢有關有格何謂也

太過不及病脈也關格覆溢死脈也關格之說素問六節藏象論及靈樞第九篇第四十九篇皆主氣口人迎以陽經取決於人迎陰經取決於氣口也今越人乃以關前關後言者以寸爲陽而尺爲陰也

然關之前者陽之動也脈當見九分而浮過者法曰太過減者法曰不及

關前爲陽寸脈所動之位脈見九分而浮九陽數寸之位浮陽脈是其常也過謂過於本位過於常脈不

及謂不及本位不及常脈是皆病脈也

遂上魚爲溢爲外關內格此陰乘之脈也

遂者徑也徑行而直前也謝氏謂遂者直上直下殊無迴旋之生意有旨哉經曰陰氣太盛則陽氣不得相營也以陽氣不得營於陰陰遂上出而溢於魚際之分爲外關內格也外關內格謂陽外閉而不下陰從而外出以格拒之此陰乘陽位之脈也

關之後者陰之動也脈當見一寸而沈過者法曰太過減者法曰不及

關後爲陰尺脈所動之位脈見一寸而沈一寸陰數尺之位沈陰脈是其常也過謂過於本位過於常脈不及謂不及本位不及常脈皆病脈也

遂入尺爲覆爲內關外格此陽乘之脈也

經曰陽氣太盛則陰氣不得相營也以陰不得營於陽陽遂下陷而覆於尺之分爲內關外格也內關外格謂陰內閉而不上陽從而內入以格拒之此陽乘陰位之脈也

故曰覆溢

覆如物之覆由上而傾於下也溢如水之溢由內而
出乎外也
是其眞藏之脈人不病而死也
覆溢之脈乃孤陰獨陽上下相離之診故曰眞藏之
脈謂無胃氣以和之也凡人得此脈雖不病猶死也
○此篇言陰陽之太過不及也爲病脈猶未至危殆
若遂上魚入尺而爲覆溢則死脈也此遂字最爲切
緊葢承上起下之要言不然則太過不及陰陽相乘
關格覆溢渾爲一意漫無輕重矣或問此篇之陰陽

相乘與二十難之說同異曰此篇乃陰陽相乘之極
而爲覆溢二十難則陰陽更相乘而伏匿也更之二
字與此篇遂字大有逕庭更者更互之更遂者直遂
之遂而覆溢與伏匿又不能無辨葢覆溢爲死脈伏
匿爲病脈故不可同日語也○此書首三篇乃越人
開卷第一義也一難言寸口統陰陽關尺而言二難
言尺寸以陰陽始終對待而言關亦在其中矣三難
之覆溢以陰陽關格而言尤見關爲津要之所合而
觀之三部之義備矣一二難言陰陽之常三難言陰

陽之變

四難曰脈有陰陽之法何謂也然呼出心與肺吸入腎與肝呼吸之間脾受穀味也其脈在中

呼出爲陽吸入爲陰心肺爲陽腎肝爲陰各以部位之高下而應之也一呼再動心肺主之一吸再動腎肝主之呼吸定息脈五動閏以太息脾之候也故曰呼吸之間脾受穀味也其脈在中在中者在陰陽呼吸之中何則以脾受穀味灌漑諸藏諸藏皆受氣於脾土主中宮之義也

浮者陽也沈者陰也故曰陰陽也

浮爲陽沈爲陰此承上文而起下文之義

心肺俱浮何以別之然浮而大散者心也浮而短濇者肺也腎肝俱沈何以別之然牢而長者肝也按之濡舉指來實者腎也脾者中州故其脈在中是陰陽之法也

心肺俱浮而有別也心爲陽中之陽故其脈浮而大散肺爲陽中之陰故其脈浮而短濇肝腎俱沈而有別也肝爲陰中之陽故其脈牢而長腎爲陰中之陰故其脈按之濡舉指來實古益袁氏謂腎屬水脈按

之濡舉指來實外柔內剛水之象也脾說見前

脈有一陰一陽一陰二陽一陰三陽有一陽一陰一陽二陰一陽三陰如此之言寸口有六脈俱動邪然此言者非有六脈俱動也謂浮沈長短滑濇也浮者陽也滑者陽也長者陽也沈者陰也短者陰也濇者陰也所謂一陰一陽者謂脈來沈而滑也一陰二陽者謂脈來沈滑而長也一陰三陽者謂脈來浮滑而長時一沈也所謂一陽一陰者謂脈來浮而濇也一陽二陰者謂脈來長而沈濇也一陽三陰者謂脈來沈濇而短時一浮也

各以其經所在名病逆順也

又設問答以明陰陽脈見於三部者不單至也惟其不單至故有此六脈相兼而見浮者輕手得之長者逼度本位滑者往來流利皆陽脈也沈者重手得之短者不及本位濇者往來凝滯皆陰脈也惟其相兼故有一陰一陽又一陽一陰如是之不一也夫脈之所至病之所在也以脈與病及經絡藏府參之某爲宜某爲不宜四時相應不相應以名病之逆順也

五難曰脈有輕重何謂也然初持脈如三菽之重與皮

毛相得者肺部也如六菽之重與血脈相得者心部也如九菽之重與肌肉相得者脾部也如十二菽之重與筋平者肝部也按之至骨舉指來疾者腎部也故曰輕重也

肺最居上主候皮毛故其脈如三菽之重心在肺下主血脈故其脈如六菽之重脾在心下主肌肉故其脈如九菽之重肝在脾下主筋故其脈如十二菽之重腎在肝下主骨故其脈按之至骨舉指來實腎不言菽以類推之當如十五菽之重今案此法以輕重

言之即浮中沈之意也然於樞素無所見將古脈法而有所授受邪抑越人自得之見邪廬陵謝氏曰此寸關尺所主藏府各有分位而一部之中脈又自有輕重因舉陵陽虞氏說云假令左手寸口如三菽之重得之乃知肺氣之至如六菽之重得之知本經之至餘以類求之夫如是乃知五藏之氣更相溉灌六脈因茲亦有準繩可以定吉凶言疾病矣關尺皆然如十難中十變脈例而消息之也

六難曰脈有陰盛陽虛陽盛陰虛何謂也然浮之損小

沉之實大故曰陰盛陽虛沉之損小浮之實大故曰陽
盛陰虛是陰陽虛實之意也
浮沉以下指輕重言盛虛以陰陽盈虧言輕手取之
而見減小重手取之而見實大知其爲陰盛陽虛也
重手取之而見損小輕手取之而見實大知其爲陽
盛陰虛也大抵輕手取之陽之分重手取之陰之分
不拘何部率以是推之

七難曰經言少陽之至乍大乍小乍短乍長陽明之至
浮大而短太陽之至洪大而長太陰之至緊大而長少

陰之至緊細而微厥陰之至沉短而敦此六者是平脈
邪將病脈邪然皆王脈也
六者之王說見下文

其氣以何月各王幾日然冬至之後得甲子少陽王復
得甲子陽明王復得甲子太陽王復得甲子太陰王復
得甲子少陰王復得甲子厥陰王王各六十日六六三
百六十日以成一歲此三陽三陰之王時日大要也
上文言三陽三陰之王脈此言三陽三陰之王時當
其時則見其脈也歷家之說以上古十一月甲子合

朔冬至爲歷元葢取夫氣朔之分齊也然天度之運與日月之行遲速不一歲各有差越人所謂冬至之後得甲子亦以此歟是故氣朔之不齊節候之早晚不能常也故丁氏注謂冬至之後得甲子或在小寒之初或在大寒之後少陽之至始於此餘經各以次繼之紀氏亦謂自冬至之日一陽始生於冬至之後得甲子少陽脉王也若原其本始以十一月甲子合朔冬至常例推之則少陽之王便當從此日始至正月中餘經各以次繼之少陽之至陽氣尚微故其脉

乍大乍小乍短乍長陽明之至猶有陰也故其脉浮大而短太陽之至陽盛而極也故其脉洪大而長陽盛極則變而之陰矣故夏至後爲三陰用事之始而太陰之至陰氣尚微故其脉緊大而長少陰之至陰漸盛也故其脉緊細而微厥陰之至陰盛而極也故其脉沈短而敦陰盛極則變而之陽復三陽用事之之始也此則三陽三陰之王脉所以周六甲而循四時率皆從微以至於著自漸而趨於極各有其序也

袁氏曰春温而夏暑秋涼而冬寒故人六經之脉亦

隨四時陰陽消長迭運而至也○劉温舒曰至眞要
謂云厥陰之至其脉弦少陰之至其脉鈎大陰之至
其脉沈少陽之至大而浮陽明之至短而濇太陽之
至大而長亦隨天地之氣卷舒也如春弦夏洪秋毛
冬石之類則五運六氣四時亦皆應之而見於脉爾
若平人氣象論太陽脉至洪大而長少陽脉至乍數
乍疎乍短乍長陽明脉至浮大而短難經引之以論
三陰三陽之脉者以陰陽始生之淺深而言之也○
篇首稱經言二字攷之樞素無所見平人氣象論雖

略有其說而不詳豈越人之時别有所謂上古文字
耶將內經有之而後世脫簡耶是不可知也後凡言
經言而無所攷者義皆倣此

八難曰寸口脉平而死者何謂也然諸十二經脉者皆
係於生氣之原所謂生氣之原者謂十二經之根本也
謂腎間動氣也此五臟六腑之本十二經脉之根呼吸
絶則莖葉枯矣寸口脉平而死者生氣獨絶於內也
腎間動氣人所得於天以生之氣也腎爲子水位乎
坎北方卦也乃天一之數而火木金土之先也所以

為生氣之原諸經之根本又為守邪之神也原氣勝則邪不能侵原氣絕則死如木根絕而莖葉枯矣故寸口脈平而死者以生氣獨絕于內也○此篇與第一難之說義若相悖然各有所指也一難以寸口決生死者謂寸口為脈之大會而穀氣之變見也此篇以原氣言也人之原氣盛則生原氣絕則寸口脈雖平猶死也原氣言其體穀氣言其用也

九難曰何以別知藏府之病耶然數者府也遲者藏也數則為熱遲則為寒諸陽為熱諸陰為寒故以別知藏府之病也

凡人之脈一呼一吸為一息一息之間脈四至閏以太息脈五至命曰平人平人者不病之脈也其有增減則為病焉故一息三至曰遲不足之脈也一息六至曰數太過之脈也藏為陰府為陽脈數者屬府為陽為熱脈遲者屬藏為陰為寒不特是也諸陽脈皆為熱諸陰脈皆為寒藏府之病由是別之

十難曰一脈為十變者何謂也然五邪剛柔相逢之意也假令心脈急甚者肝邪干心也心脈微急者膽邪干

小腸也心脈大甚者心邪自干心也心脈微大者小腸
邪自干小腸也心脈緩甚者脾邪干心也心脈微緩者
胃邪干小腸也心脈濇甚者肺邪干心也心脈微濇者
大腸邪干小腸也心脈沈甚者腎邪干心也心脈微沈
者膀胱邪干小腸也五藏各有剛柔邪故令一脈輒變
爲十也

五邪者謂五藏六府之氣失其正而爲邪者也剛柔
者陽爲剛陰爲柔也剛柔相逢謂藏府互相傷也五
藏五府各有五邪以脈之來甚者屬藏微者屬府特

以心藏發其例餘可類推故云一脈輒變爲十也

十一難曰經言脈不滿五十動而一止一藏無氣者何
藏也然人吸者隨陰入呼者因陽出今吸不能至腎至
肝而還故知一藏無氣者腎氣先盡也

靈樞第五篇曰人一日一夜五十營以營五藏之精
不應數者名曰狂生所謂五十營者五藏皆受氣持
其脈口數其至也五十動不一代者五藏皆受氣四
十動一代者一藏無氣三十動一代者二藏無氣二
十動一代者三藏無氣十動一代者四藏無氣不滿

十動一代者五藏無氣予之短期按五藏腎最在下吸氣最遠若五十動不滿而一止者知腎無所資氣當先盡盡猶衰竭也衰竭則不能隨諸藏氣而上矣

十二難曰經言五藏脈已絕於內用鍼者反實其外五藏脈已絕於外用鍼者反實其內內外之絕何以別之

然五藏脈已絕於內者腎肝氣已絕於內也而醫反補其心肺五藏脈已絕於外者其心肺脈已絕於外也而醫反補其腎肝陽絕補陰陰絕補陽是謂實實虛虛損不足益有餘如此死者醫殺之耳

靈樞第一篇曰凡將用鍼必先診脈視氣之劇易乃可以治也又第三篇曰所謂五藏之氣已絕於內者脈口氣內絕不至反取其外之病處與陽經之合又留鍼以致陽氣陽氣至則內重竭重竭則死矣其死也無氣以動故靜所謂五藏之氣已絕于外者脈口氣外絕不至反取其四末之輸又留鍼以致其陰氣陰氣至則陽氣反入入則逆逆則死矣其死也陰氣有餘故躁此靈樞以脈口內外言陰陽也越人以心肺腎肝內外別陰陽其理亦猶是也○紀氏謂此篇

言鍼法馮氏玠謂此篇合入用鍼補瀉之類當在六十難之後以例相從也

十三難曰經言見其色而不得其脈反得相勝之脈者卽死得相生之脈者病卽自已色之與脈當參相應爲之柰何

靈樞第四篇曰見其色知其病命曰明按其脈知其病命曰神問其病知其處命曰工色脈形肉不得相失也色青者其脈弦赤者其脈鉤黃者其脈代白者其脈毛黑者其脈石見其色而不得其脈謂色脈之不相得也色脈既不相得看得何脈得相勝之脈卽死得相生之脈病卽自已已愈也參合也

然五藏有五色皆見於面亦當與寸口尺內相應假令色青其脈當弦而急色赤其脈浮大而散色黃其脈中緩而大色白其脈浮濇而短色黑其脈沈濡而滑此所謂五色之與脈當參相應也

色脈當參相應夫如是則見其色得其脈矣

脈數尺之皮膚亦數脈急尺之皮膚亦急脈緩尺之皮膚亦緩脈濇尺之皮膚亦濇脈滑尺之皮膚亦滑

靈樞第四篇黃帝曰色脈已定別之奈何岐伯曰調其脈之緩急大小滑濇肉之堅脆而病變定矣黃帝曰調之奈何岐伯答曰脈急尺之皮膚亦急脈緩尺之皮膚亦緩脈小尺之皮膚亦減而少氣脈大尺之皮膚亦賁而起脈滑尺之皮膚亦滑脈濇尺之皮膚亦濇凡此變者有微有甚故善調尺者不待於寸善調脈者不待於色能參合而行之者可以爲上工上工十全九行二者爲中工中工十全八行一者爲下工下工十全六○此通上文所爲色脈形肉不相失也

五藏各有聲色臭味當與寸口尺內相應其不應者病也假令色青其脈浮濇而短若大而緩爲相勝浮大而散若小而滑爲相生也

若之爲言或也舉色青爲例以明相勝相生也青者肝之色浮濇而短肺脈也爲金尅木大而緩脾脈也爲木尅土此相勝也浮大而散心脈也爲木生火小而滑腎脈也爲水生木此相生也此所謂得相勝之脈卽死得相生之脈病卽自已也

經言知一爲下工知二爲中工知三爲上工上工者十全九中工者十全八下工者十全六此之謂也

說見前三謂色脈皮膚三者也○此篇問答凡五節第一節爲問辭第二第三節言色脈形肉不得相失第四節言五藏各有聲色臭味當與寸尺相應然假令以下但言色脈相參不言聲臭味殆闕文歟抑色之著于外者將切於參驗歟第五節則以所知之多寡爲工之上下也

十四難曰脈有損至何謂也然至之脈一呼再至曰平三至曰離經四至曰奪精五至曰死六至曰命絕此至之脈也何謂損一呼一至曰離經再呼一至曰奪精三呼一至曰死四呼一至曰命絕此損之脈也至脈從下上損脈從上下也

平人之脈一呼再至一吸再至呼吸定息脈四至加之則爲過減之則不及過與不及所以爲至爲損焉離經者離其經常之度也奪精精氣衰奪也至脈從下而逆上由腎而之肺也損脈從上而行下由肺而之腎也謝氏曰平人一呼再至脈行三寸今一呼三

至則脈行四寸半一息之間行九寸二十息之間一百八十丈比平人行速過六十丈此至脈之離經也平人一呼脈再至行三寸今一呼一至只得一寸半二十息之間脈遲行六十丈此損脈之離經也若夫至脈之奪精一呼四至則一息之間行一尺二寸損脈之奪精二呼一至則一息之間行三寸其病又甚矣過此者死而命絶也

損脈之為病奈何然一損損於皮毛皮聚而毛落二損損於血脈血脈虛少不能榮於五藏六府三損損於肌

肉肌肉消瘦飲食不能為肌膚四損損於筋筋緩不能自收持五損損於骨骨痿不能起於床反此者至於收病也從上下者骨痿不能起於床者死從下上者皮聚而毛落者死

至於收病也當作至脈之病也於收二字誤肺主皮毛心主血脈脾主肌肉肝主筋腎主骨各以所主而見其所損也反此為至脈之病者損脈從上下至脈則從下上也

治損之法奈何然損其肺者益其氣損其心者調其榮

衛損其脾者調其飲食適其寒溫損其肝者緩其中損
其腎者益其精此治損之法也
肺主氣心主血脈腎主精各以其所損而調治之榮
衛者血脈之所資也脾主受穀味故損其脾者調其
飲食適其寒溫如春夏食涼食冷秋冬食溫食熱及
衣服起居各當其時是也肝主血血虛則中不足一
云肝主怒怒能傷肝故損其肝者緩其中經曰肝苦
急急食甘以緩之緩者和也
脈有一呼再至一吸再至有一呼三至一吸三至有一

呼四至一吸四至有一呼五至一吸五至有一呼六至
一吸六至有一呼一至一吸一至有再呼一至再吸一
至有呼吸再至脈來如此何以別知其病也
此再舉損至之脈爲問答也蓋前之損至以五藏自
病得之於內者而言此則以經絡血氣爲邪所中之
微甚自外得之者而言也其曰呼吸再至即一呼一
至一吸一至之謂疑衍文也
然脈來一呼再至一吸再至不大不小曰平一呼三至
一吸三至爲適得病前大後小即頭痛目眩前小後大

即胸滿短氣一呼四至一吸四至病欲甚脈洪大者苦煩滿沈細者腹中痛滑者傷熱濇者中霧露一呼五至一吸五至其人當困沈細夜加浮大晝加不大不小雖困可治其有小大者爲難治一呼六至一吸六至爲死脈也沈細夜死浮大晝死一呼一至一吸一至名曰損人雖能行猶當著床所以然者血氣皆不足故也再呼一至再吸一至呼吸再至（此四字即前衍文）名曰無魂無魂者當死也人雖能行名曰行尸

一息四至是爲平脈一呼三至一吸三至是一息之

間脈六至比之平人多二至故曰適得病未甚也然又以前大後小前小後大而言病能也前後非言寸尺猶十五難前曲後居之前後以始末言也一呼四至一吸四至病欲甚矣故脈洪大者苦煩滿病在高也沈細者腹中痛病在下也各以其脈言之滑爲傷熱者熱傷氣而不傷血血自有餘故脈滑也濇爲中霧露者霧露之寒傷人榮血血受寒故脈濇也一呼五至一吸五至其人困矣若脈更見浮大沈細則各隨晝夜而加劇以浮大順晝陽也沈細順夜陰也若

不見二者之脈人雖困猶可治小大卽沈細浮大也一呼六至一吸六至增之極也故爲死脈沈細夜死浮大晝死陰遇陰陽遇陽也一呼一至一吸一至名曰損以血氣皆不足也再呼一至再吸一至謂兩息之間脈再動減之極也經曰形氣有餘脈氣不足者死故曰無魂而當死也

上部有脈下部無脈其人當吐不吐者死上部無脈下部有脈雖困無能爲害所以然者譬如人之有尺樹之有根枝葉雖枯槁根本將自生脈有根本人有元氣故知不死譬如二字當在人之有尺下

此又以脈之有無明上下部之病也紀氏曰上部有脈下部無脈是邪實并於上卽當吐也若無吐證爲上無邪而下氣竭故云當死東垣李氏曰下部無脈此木鬱也飲食過飽塡塞于胸中太陰之分而春陽之令不得上行故也是爲木鬱木鬱則達之謂吐之是也謝氏曰上部無脈下部有脈者陰氣盛而陽氣微故雖困無能爲害上部無脈如樹枝之槁下部有脈如樹之有根惟其有根可以望其生也○四明陳

氏曰至進也陽獨盛而至數多也損減也陰獨盛而至數少也至脈從下上謂無陰而陽獨行至于上則陽亦絕而死矣損脈從上下謂無陽而陰獨行至于下則陰亦盡而死矣〇一難言寸口以決藏府死生吉凶謂氣口爲五藏主也四難言脾受穀味其脈在中是五藏皆以胃爲主其脈則主關上也此難言人之有尺譬如樹之有根脈有根本人有元氣故知不死則以尺爲主也此越人所以錯綜其義散見諸篇以見寸關尺各有所歸重云

十五難曰經言春脈弦夏脈鈎秋脈毛冬脈石是王脈耶將病脈也然弦鈎毛石者四時之脈也春脈弦者肝東方木也萬物始生未有枝葉故其脈之來濡弱而長故曰弦夏脈鈎者心南方火也萬物之所茂垂枝布葉皆下曲如鈎故其脈之來疾去遲故曰鈎秋脈毛者肺西方金也萬物之所終草木華葉皆秋而落其枝獨在若毫毛也故其脈之來輕虛以浮故曰毛冬脈石者腎北方水也萬物之所藏也盛冬之時水凝如石故其脈之來沉濡而滑故曰石此四時之脈也

此內經平人氣象玉機眞藏論參錯其文而爲篇也春脈弦者肝主筋應筋之象夏脈鉤者心主血脈應血脈來去之象秋脈毛者肺主皮毛冬脈石者腎主骨冬應其象兼以時物之象取義也來疾去遲劉立之曰來者自骨肉之分而出於皮膚之際氣之升而上也去者自皮膚之際而還於骨肉之分氣之降而下也

如有變奈何

脈逆四時之謂變

然春脈弦反者爲病何謂反然其氣來實强是爲太過病在外氣來虛微是謂不及病在內氣來厭厭聶聶如循榆葉曰平益實而滑如循長竿曰病急而勁益强如新張弓弦曰死春脈微弦曰平弦多胃氣少曰病但弦無胃氣曰死春以胃氣爲本夏脈鉤反者爲病何謂反然其氣來實强是謂太過病在外氣來虛微是謂不及病在內其脈來累累如環如循琅玕曰平來而益數如雞舉足者曰病前曲後居如操帶鉤曰死夏脈微鉤曰平鉤多胃氣少曰病但鉤無胃氣曰死夏以胃氣爲本

秋脈毛反者爲病何謂反然其氣來實强是謂太過病在外氣來虛微是謂不及病在內其脈來藹藹如車蓋按之益大曰平不上不下如循雞羽曰病按之蕭索如風吹毛曰死秋脈微毛曰平毛多胃氣少曰病但毛無胃氣曰死秋以胃氣爲本冬脈石反者爲病何謂反然其氣來實强是謂太過病在外氣來虛微是謂不及病在內脈來上大下兌濡滑如雀之啄曰平啄啄連屬其中微曲曰病來如解索去如彈石曰死冬脈微石曰平石多胃氣少曰病但石無胃氣曰死冬以胃氣爲本

春脈太過則令人善忘忽忽眩冒巔疾不及則令人胸痛引背下則兩脇胠滿夏脈太過則令人身熱而膚痛爲浸淫不及則令人煩心上見欬唾下爲氣泄秋脈太過則令人逆氣而背痛慍慍然不及則令人喘呼吸少氣而欬上氣見血下聞病音冬脈太過則令人解㑊脊脈痛而少氣不欲言不及則令人心懸如飢眇中清脊中痛少腹滿小便變此岐伯之言也越人之意蓋本諸此變脈言氣者脈不自動氣使之然且主胃氣而言也循撫也按也春脈厭厭聶聶如

循榆葉弦而和也益實而滑如循長竿弦多也急而勁益強如新張弓弦但弦也夏脈累累如環如循琅玕鈎而和也如雞舉足鈎多而有力也前曲後居謂按之堅而搏尋之實而倨但鈎也秋脈藹藹如車蓋按之益大微毛也不上不下如循雞羽毛多也按之蕭索如風吹毛但毛也冬脈上大下兌大小適均石而和也上下與來去同義見前篇啄啄連屬其中微曲石多也來如解索去如彈石但石也大抵四時之脈皆以胃氣爲本故有胃氣則生胃氣少則病無胃氣則死於弦鈎毛石中每有和緩之體爲胃氣也此篇與內經中互有異同馮氏曰越人欲使脈之易曉重立其義爾按內經第二卷平人氣象論篇云平肝脈來軟弱招招如揭長竿末梢平肺脈來厭厭聶聶如落榆莢平腎脈來喘喘累累如鈎按之而堅病腎脈來如引葛按之益堅死腎脈來發如奪索辟辟如彈石此爲異也

胃者水穀之海主稟四時皆以胃氣爲本是謂四時之變病死生之要會也

胃屬土土之數五也萬物歸之故云水穀之海而水火金木無不待是以生故云主稟四時稟供也給也脾者中州也其平和不可得見衰乃見耳來如雀之啄如水之下漏是脾衰之見也

脾者中州謂呼吸之間脾受穀味其脉在中也其平和不得見蓋脾寄王於四季不得獨主於四時四藏之脉平和則脾脉在中矣衰乃見者雀啄屋漏異乎常也雀啄者脉至堅鋭而斷續不定也屋漏者脉至緩散動而復止也

十六難曰脉有三部九候有陰陽有輕重有六十首一脉變爲四時離聖久遠各自是其法何以別之

謝氏曰此篇問三部九候以下共六件而本經並不答所問似有缺文今詳三部九候則十八難中第三章言之當屬此篇錯簡在彼陰陽見四難輕重見五難一脉變爲四時即十五難春弦夏鈎秋毛冬石也六十首按內經方盛衰篇曰聖人持診之道先後陰陽而持之奇恆之勢乃六十首王註謂奇恆六十首今世不存則失其傳者由來遠矣

然是其病有內外證

此蓋荅辭然與前問不相蒙當別有問辭也

其病爲之奈何

問內外證之詳也

然假令得肝脈其外證善潔面青善怒其內證臍左有動氣按之牢若痛其病四肢滿閉淋溲便難轉筋有是者肝也無是者非也

得肝脈診得弦脈也肝與膽合爲清淨之府故善潔肝爲將軍之官故善怒善猶喜好也面青肝之色也

此外證之色脈情好也臍左肝之部也按之牢若痛謂其動氣按之堅牢而不移或痛也馮氏曰肝氣膹鬱則四支滿閉傳曰風淫末疾是也厥陰脈循陰器肝病故溲便難轉筋者肝主筋也此內證之部屬及所主病也

假令得心脈其外證面赤口乾喜笑其內證齊上有動氣按之牢若痛其病煩心心痛掌中熱而啘有是者心也無是者非也

掌中手心主脈所過之處蓋眞心不受邪受邪者手

心主爾啘乾嘔也心病則火盛故啘經曰諸逆衝上皆屬於火諸嘔吐酸皆屬於熱

假令得脾脈其外證面黄善噫善思善味其內證當齊有動氣按之牢若痛其病腹脹滿食不消體重節痛怠墮嗜臥四支不收有是者脾也無是者非也

靈樞口問篇曰噫者寒氣客于胃厥逆從下上散復出于胃故爲噫經曰脾主四肢

假令得肺脈其外證面白善嚏悲愁不樂欲哭其內證齊右有動氣按之牢若痛其病喘欬洒淅寒熱有是者

肺也無是者非也

岐伯曰陽氣和利滿于心出于鼻故爲嚏洒淅寒熱肺主皮毛也

假令得腎脈其外證面黑善恐欠其內證齊下有動氣按之牢若痛其病逆氣小腹急痛泄如下重足脛寒而逆有是者腎也無是者非也

腎氣不足則爲恐陰陽相引則爲欠泄而下重少陰泄也如讀爲而

十七難曰經言病或有死或有不治自愈或連年月不

已其死生存亡可切脈而知之耶然可盡知也
此篇所問者三答云可盡知也而止答病之死證餘無所見當有闕漏
診病若閉目不欲見人者脈當得肝脈強急而長而反得肺脈浮短而濇者死也
肝開竅於目閉目不欲見人肝病也肝病見肺脈金尅木也
病若開目而渴心下牢者脈當得緊實而數反得沈濇而微者死也

病若吐血復鼽衄血者脈當沈細而反浮大而牢者死也
病實而脈虛也
脫血脈實相反也
病若譫言妄語身當有熱脈當洪大而反手足厥逆脈沈細而微者死也
陽病見陰脈相反也
病若大腹而泄者脈當微細而濇反緊大而滑者死也
泄而脈大相反也大腹腹脹也

十八難曰脈有三部部有四經手有太陰陽明足有太陽少陰爲上下部何謂也

此篇立問之意謂人十二經脈凡有三部每部之中有四經今手有太陰陽明足有太陽少陰爲上下部何也葢三部者以寸關尺分上中下也四經者寸關尺兩兩相比則每部各有四經矣手之太陰陽明足之太陽少陰爲上下部者肺居右寸腎居左尺循環相資肺高腎下母子之相望也經云藏眞高於肺藏眞下於腎是也

然手太陰陽明金也足少陰太陽水也金生水水流下行而不能上故在下部也足厥陰少陽木也生手太陽少陰火火炎上行而不能下故爲上部手心主少陽火生足少陰陽明土土主中宮故在中部也此皆五行子母更相生養者也

手太陰陽明金下生足太陽少陰水水性下故居下部足少陰太陽水生足厥陰少陽木木生手少陰太陽火及手心主火火炎上行是爲上部火生足太陰陽明土土居中部復生肺金此五行子母更相生養

者也此葢因手太陰陽明足太陽少陰爲上下部而推廣五行相生之義越人亦以五藏生成之後因其部分之高下而推言之非謂未生之前必待如是而後生成也而又演爲三部之說即四難所謂心肺俱浮腎肝俱沈脾者中州之意但彼直以藏言此以經言而藏府兼之以上問答明經此下二節俱不相蒙疑他經錯簡

脈有三部九候各何主之然三部者寸關尺也九候者浮中沈也上部法天主胸以上至頭之有疾也中部法

人主鬲以下至齊之有疾也下部法地主齊以下至足之有疾也審而刺之者也

謝氏曰此一節當是十六難中答辭錯簡在此而剩出脈有三部九候各何主之十字審而刺之紀氏曰欲診脈動而中病不可不審故曰審而刺之刺者言其動而中也陳萬年傳曰刺候謂中其候與此義仝或曰刺鍼刺也謂審其部而鍼刺之

人病有沈滯久積聚可切脈而知之耶

此下問答亦未詳所屬或曰當是十七難中或連年

月不已答辭

然診在右脇有積氣得肺脈結脈結甚則積甚結微則
氣微

結爲積聚之脈肺脈見結知右脇有積氣右脇肺部
也積氣有微甚脈從而應之

診不得肺脈而右脇有積氣者何也然肺脈雖不見右
手當沈伏

肺脈雖不見結右手脈當見沈伏沈伏亦積聚脈右
手所以候裏也

其外痼疾同法耶將異也

此承上文復問外之痼疾與內之積聚法將同異

然結者脈來去時一止無常數名曰結也伏者脈行筋
下也浮者脈在肉上行也左右表裏法皆如此

結爲積聚伏脈行筋下主裏浮脈行肉上主表所以
異也前舉右脇爲例故此云左右同法

假令脈結伏者內無積聚脈浮結者外無痼疾有積聚
脈不結伏有痼疾脈不浮結爲脈不應病病不應脈是
爲死病也

有是脉無是病有是病無是脉脉脉病不相應故爲死
病也
十九難曰經言脉有逆順男女有恆而反者何謂也
恆常也脉有逆順據男女相比而言也男脉在關上
女脉在關下男子尺脉恆弱女子尺脉恆盛此男女
之別也逆順云者男之順女之逆也女之順男不同
也雖然在男女則各有常矣反謂反其常也
然男子生於寅寅爲木陽也女子生於申申爲金陰也
故男脉在關上女脉在關下是以男子尺脉恆弱女子
尺脉恆盛是其常也

此推本生物之初而言男女陰陽也紀氏曰生物之
初其本原皆始於子子者萬物之所以始也自子推
之男左旋三十而至於巳女右旋二十而至於巳是
男女婚嫁之數也自巳而懷娠男左旋十月而生於
寅寅爲木陽也女右旋十月而生於申申爲金陰也
謝氏曰寅爲木木生火火生在寅而性炎上故男
脉在關上申爲金金生水水生於申而性流下故
女脉在關下愚謂陽之體輕清而升天道也故男脉

在關上陰之體重濁而降地道也故女脈在關下此
男女之常也
反者男得女脈女得男脈也
男女異常是之謂反
其爲病何如
問反之爲病也
然男得女脈爲不足病在內左得之病在左右得之病
在右隨脈言之也女得男脈爲太過病在四肢左得之
病在左右得之病在右隨脈言之此之謂也
其反常故太過不及在內在外之病見焉

二十難曰經言脈有伏匿伏匿於何藏而言伏匿邪然
謂陰陽更相乘更相伏也脈居陰部而反陽脈見者爲
陽乘陰也脈雖時沈濇而短此謂陽中伏陰也脈居陽
部而反陰脈見者爲陰乘陽也脈雖時浮滑而長此謂
陰中伏陽也
居猶在也當也陰部尺陽部寸也乘猶乘車之乘出
於其上也伏猶伏兵之伏隱於其中也匿藏也丁氏
曰此非特言寸爲陽尺爲陰以上下言則肌肉之上

爲陽部肌肉之下爲陰部亦通

重陽者狂重陰者癲脫陽者見鬼脫陰者目盲

此五十九難之文錯簡在此

二十一難曰經言人形病脈不病曰生脈病形不病曰死何謂也然人形病脈不病非有不病者也謂息數不應脈數也此大法

周仲立曰形體之中覺見憔悴精神昏憒食不忺美而脈得四時之從無過不及之偏是人病脈不病也形體安和而脈息乍大乍小或至或損弦緊浮滑沈

濇不一殘賊沖和之氣是皆脈息不與形相應乃脈病人不病也仲景云人病脈不病名曰內虛以無穀神雖困無苦脈病人不病名曰行尸以無王氣卒眩仆不識人短命則死謝氏曰按本經答文詞意不屬似有脫誤

二十二難曰經言脈有是動有所生病一脈變爲二病者何也然經言是動者氣也所生病者血也邪在氣氣爲是動邪在血血爲所生病氣主呴之血主濡之氣留而不行者爲氣先病也血壅而不濡者爲血後病也故

先為是動後所生也呴音訏濡平聲

呴照也氣主呴之謂氣煦嘘往來薰蒸於皮膚分肉也血主濡之謂血濡潤筋骨滑利關節榮養藏府也此脈字非尺寸之脈乃十二經隧之脈也此謂十二經隧之脈每脈中輒有二病者蓋以有在氣在血之分也邪在氣氣為是而動邪在血血為所生病氣留而不行為氣病血壅而不濡為血病故先為是動後所生病也先後云者抑氣在外血在內外先受邪則內亦從之而病歟然邪亦有只在氣亦有徑在血者又不可以先後拘也經見靈樞第十篇

二十三難曰手足三陰三陽脈之度數可曉以不然手三陽之脈從手至頭長五尺五六合三丈手三陰之脈從手至胸中長三尺五寸三六一丈八尺五六三尺合二丈一尺足三陽之脈從足至頭長八尺六八四丈八尺足三陰之脈從足至胸長六尺五寸六六三丈六尺五六三尺合三丈九尺人兩足蹻脈從足至目長七尺五寸二七一丈四尺二五一尺合一丈五尺督脈任脈各長四尺五寸二四八尺二五一尺合九尺凡脈長一

十六丈二尺此所謂十二經脈長短之數也
此靈樞廿七篇全文三陰三陽靈樞皆作六陰六陽義尤明白按經脈之流注則手之三陽從手走至頭手之三陰從腹走至手足之三陽從頭下走至足足之三陰從足上走入腹此舉經脈之度數故皆自手足言人兩足蹻脈指陰蹻也陰蹻脈起於跟中自然骨之後上內踝之上直上循陰股入陰循腹上胸裏行缺盆出人迎之前入頄內廉屬目內眥合太陽脈爲足少陰之別絡也足三陽之脈從足至頭長八尺

考工記亦云人身長八尺蓋以同身尺寸言之

經脈十二絡脈十五何始何窮也然經脈者行血氣通陰陽以榮於身者也其始從中焦注手太陰陽明陽明注足陽明太陰太陰注手少陰太陽太陽注足太陽少陰少陰注手心主少陽少陽注足少陽厥陰厥陰復還注手太陰別絡十五皆因其原如環無端轉相灌溉朝於寸口人迎以處百病而決死生也

因者隨也原者始也朝猶朝會之朝以用也因上文經脈之尺度而推言經絡之行度也直行者謂之經

旁出者謂之絡十二經有十二絡兼陽絡陰絡脾之大絡爲十五絡也謝氏曰始從中焦者蓋謂飮食入口藏于胃其精微之化注手太陰陽明以次相傳至足厥陰厥陰復還注手太陰也絡脈十五皆隨十二經脈之所始轉相灌漑如環之無端朝于寸口人迎以之處百病而決死生也寸口人迎古法以俠喉兩旁動脈爲人迎至晉王叔和直以左手關前一分爲人迎右手關前一分爲氣口後世宗之愚謂昔人所以取人迎氣口者蓋人迎爲足陽明胃經受穀氣而養五藏者也氣口爲手太陰肺經朝百脈而平權衡者也

經云明知終始陰陽定矣何謂也然終始者脈之紀也寸口人迎陰陽之氣通於朝使如環無端故曰始也終者三陰三陽之脈絶絶則死死各有形故曰終也

謝氏曰靈樞經第九篇曰凡刺之道畢于終始明知終始五藏爲紀陰陽定矣又曰不病者脈口人迎應四時也少氣者脈口人迎俱少而不稱尺寸也此一節因上文寸口人迎處百病決死生而推言之謂欲

曉知終始於陰陽爲能定之葢以陽經取決於人迎陰經取決於氣口也朝使者朝謂氣血如水潮應時而灌溉使謂陰陽相爲用也始如生物之始終如生物之窮欲知生死脈以候之陰陽之氣通於朝使如環無端則不病一或不相朝使則病矣況三陰三陽之脈絕乎絕必死矣其死之形狀具如下篇尤宜參看

二十四難曰手足三陰三陽氣已絕何以爲候可知其吉凶不然足少陰氣絕卽骨枯少陰者冬脈也伏行而溫於骨髓故骨髓不溫卽肉不著骨骨肉不相親卽肉濡而卻肉濡而卻故齒長而枯髮無潤澤無潤澤者骨先死戊日篤己日死

此下六節與靈樞第十篇文皆大同小異濡讀爲輭腎其華在髮其充在骨腎絕則不能充於骨榮於髮肉濡而卻謂骨肉不相著而肉濡縮也戊己土也土勝水故以其所勝之日篤而死矣

足太陰氣絕則脈不營其口脣口脣者肌肉之本也脈不營則肌肉不滑澤肌肉不滑澤則肉滿肉滿則脣反

唇反則肉先死死甲日篤乙日死

脾其華在唇四白其充在肌脾絶則肉滿唇反也肉滿謂肌肉不滑澤而緊急䐜脹也

足厥陰氣絶卽筋縮引卵與舌卷厥陰者肝脈也肝者筋之合也筋者聚於陰器而絡於舌本故脈不營則筋縮急筋縮急卽引卵與舌故舌卷卵縮此筋先死庚日篤辛日死

肝者脈之合其華在爪其充在筋筋者聚於陰器而絡於舌本肝絶則筋縮引卵與舌也王充論衡云甲乙病者生死之期常在庚辛

手太陰氣絶卽皮毛焦太陰者肺也行氣溫於皮毛者也氣弗營則皮毛焦皮毛焦則津液去津液去卽皮節傷皮節傷則皮枯毛折毛折者則毛先死丙日篤丁日死

肺者氣之本其華在毛其充在皮肺絶則皮毛焦而津液去皮節傷以諸液皆會於節也

手少陰氣絶則脈不通脈不通則血不流血不流則色澤去故面色黑如黧此血先死壬日篤癸日死

心之合脈也其榮色也其華在面其充在血脈心絕則脈不通血不流色澤去也

三陰氣俱絕者則目眩轉目瞑目瞑者爲失志失志者則志先死死卽目瞑也

三陰通手足經而言也靈樞十篇作五陰氣俱絕則以手厥陰手少陰同屬心經也目眩轉目瞑者卽所謂脫陰者目盲此又其甚者也故云目瞑者失志而志先死也四明陳氏曰五藏陰氣俱絕則其志喪于內故精氣不注於目不見人而死

六陽氣俱絕者則陰與陽相離陰陽相離則腠理泄絕汗乃出大如貫珠轉出不流卽氣先死旦占夕死夕占旦死

汗出而不流者陽絕故也陳氏曰六府陽氣俱絕則氣敗于外故津液脫而死

二十五難曰有十二經五藏六府十一耳其一經者何等經也然一經者手少陰與心主別脈也心主與三焦爲表裏俱有名而無形故言經有十二也

此篇問答謂五藏六府配手足之陰陽但十一經耳

其一經者則以手少陰與心主各別爲一脉心主與三焦爲表裏俱有名而無形以此一經并五藏六府共十二經也謝氏曰難經言手少陰心主與三焦者凡八篇三十一難分豁三焦經脉所始所終三十六難言腎之有兩左曰腎右曰命門初不以左右腎分兩手尺脉三十八難言三焦者原氣之別主持諸氣復申言其有名無形三十九難言命門者精神之所舍男子藏精女子繫胞其氣與腎通又云六府止有五府三焦亦是一府八難六十二六十六三篇言腎

間動氣者人之生命十二經之根本也其名曰原三焦則原氣之別使也通此篇參互觀之可見三焦列爲六府之義唯其有名無形故得與手心主合心主爲手厥陰其經始于起胸中終于循小指次指出其端若手少陰則始于心中終于循小指之内出其端此手少陰與心主各別爲一脉也○或問手厥陰經曰心主又曰心包絡何也曰君火以名相火以位手厥陰代君火行事以用而言故曰手心主以體而言則曰心包絡一經而二名實相火也○虞庶云諸家

言命門爲相火與三焦相表裏按難經止言手心主與三焦爲表裏無命門三焦表裏之説夫左寸火右寸金左關木右關土左尺水右尺火職之部位其義灼然於乎如虞氏此説則手心主與三焦相爲表裏而攝行君火明矣三十六難謂命門其氣與腎通則亦不離乎腎也其習坎之謂歟手心主爲火之閏位命門則水之同氣歟命門不得爲相火三焦不與命門配亦明矣虞氏之説良有旨哉諸家所以紛紛不決者蓋有惑于金匱眞言篇王注引正理論謂三焦

者有名無形上合手心主下合右腎遂有命門三焦表裏之説夫人之藏府一陰一陽自有定耦豈有一經兩配之理哉夫所謂上合手心主者正言其爲表裏下合右腎者則以三焦爲原氣之别使而言之爾知此則知命門與腎通三焦無兩配而諸家之言可不辨而自明矣若夫診脉部位則手厥陰相火居右尺之分而三焦同之命門既與腎通只當居左尺而謝氏據脉經謂手厥陰與手少陰心脉同部三焦脉上見寸口中見於關下焦與腎同也前既云初不以

左右腎分兩手尺脈矣今如脈經所云則右尺當何
所候耶
二十六難曰經有十二絡有十五餘三絡者是何等絡
也然有陽絡有陰絡有脾之大絡陽絡者陽蹻之絡也
陰絡者陰蹻之絡也故絡有十五焉
直行者謂之經傍出者謂之絡經猶江漢之正流絡
則沱潛之支派每經皆有絡十二經有十二絡如手
太陰屬肺絡大腸手陽明屬大腸絡肺之類今云絡
有十五者以其有陽蹻之絡陰蹻之絡及脾之大絡

也陽蹻陰蹻見二十八難謂之絡者蓋奇經既不拘
於十二經直謂之絡亦可也脾之大絡名曰大包出
淵腋三寸布胸脇其動應衣宗氣也四明陳氏曰陽
蹻之絡統諸陽絡陰蹻之絡統諸陰絡脾之大絡又
總統陰陽諸絡由脾之能溉養五藏也
二十七難曰脈有奇經八脈者不拘於十二經何也然
有陽維有陰維有陽蹻有陰蹻有衝有督有任有帶之
脈凡此八脈者皆不拘於經故曰奇經八脈也
脈有奇常十二經者常脈也奇經八脈則不拘於十

二經故曰奇經奇對正而言猶兵家之云奇正也虞氏曰奇者奇零之奇不偶之義謂此八脈不係正經陰陽無表裏配合別道奇行故曰奇經也此八脈者督脈督於後任脈任於前衝脈爲諸陽之海陰陽維則維絡於身帶脈束之如帶陽蹻得之太陽之別陰蹻本諸少陰之別云

經有十二絡有十五凡二十七氣相隨上下何獨不拘於經也然聖人圖設溝渠通利水道以備不然天雨降下溝渠溢滿當此之時雱霈妄作聖人不能復圖也此絡脈滿溢諸經不能復拘也

經絡之行有常度矣奇經八脈則不能相從也故以聖人圖設溝渠爲譬以見絡脈滿溢諸經不能復拘而爲此奇經也然則奇經蓋絡脈之滿溢而爲之者歟或曰此絡脈三字越人正指奇經而言也既不拘於經直謂之絡脈亦可也○此篇兩節舉八脈之名及所以爲奇經之義

二十八難曰其奇經八脈者既不拘於十二經皆何起何繼也然督脈者起於下極之俞並於脊裏上至風府

入屬於腦任脈者起於中極之下以上毛際循腹裏上關元至喉咽衝脈者起於氣衝並足陽明之經夾臍上行至胸中而散也帶脈者起於季脇迴身一周陽蹻脈者起于跟中循外踝上行入風池陰蹻脈者亦起於跟中循內踝上行至咽喉交貫衝脈陽維陰維者維絡于身溢畜不能環流灌溉諸經者也故陽維起於諸陽會也陰維起於諸陰交也比于聖人圖設溝渠溝渠滿溢流于深湖故聖人不能拘通也而人脈隆盛入於八脈而不環周故十二經亦不能拘之其受邪氣畜則腫熱砭射之也繼脈經作繫

督之爲言都也爲陽脈之海所以都綱乎陽脈也其脈起下極之俞由會陰歷長强循脊中行至大椎穴與手足三陽脈之交會上至瘖門與陽維會至百會與太陽交會下至鼻柱人中與陽明交會任脈起於中極之下曲骨穴任者姙也爲人生養之本衝脈起於氣衝穴至胸中而散爲陰脈之海內經作並足少陰之經按衝脈行乎幽門通谷而上皆少陰也當從內經此督任衝三脈皆起於會陰蓋一源而分三岐

也帶脈起季脇下一寸八分回身一周猶束帶然陽蹻脈起於足跟中申脈穴循外踝而行陰蹻脈亦於跟中照海穴循內踝而行蹻者捷也以二脈皆起於足故取蹻捷超越之義陽維陰維維絡于身爲陰陽之綱維也陽維所發別于金門以陽交爲郄與手足太陰及蹻脈會于臑俞與手足少陽會于天窌及會肩井與足少陽會于陽白上本神臨泣正營腦空下至風池與督脈會于風府瘂門此陽維之起于諸陽之會也陰維之郄曰築賓與足太陰會于腹哀大橫

又與足太陰厥陰會于府舍期門又與任脈會于天突廉泉此陰維起于諸陰之交也溢畜不能環流灌溉諸經者也十二字當在十二經亦不能拘之之下則於此無所間而於彼得相從矣其受邪氣畜云云十二字謝氏則以爲於本文上下當有缺文然脈經無此疑衍文也或云當在三十七難關格不得盡其命而死矣之下因邪在六府而言也

二十九難曰奇經之爲病何如然陽維維于陽陰維維于陰陰陽不能自相維則悵然失志溶溶不能自收持

陽維爲病苦寒熱陰維爲病苦心痛陰蹻爲病陽緩而陰急陽蹻爲病陰緩而陽急衝之爲病逆氣而裏急督之爲病脊强而厥任之爲病其內苦結男子爲七疝女子爲瘕聚帶之爲病腹滿腰溶溶若坐水中此奇經八脈之爲病也陽維爲病云云十四字說見缺誤總類

此言奇經之病也陰不能維于陰則悵然失志陽不能維于陽則溶溶不能自收持陽維行諸陽而主衛衛爲氣氣居表故苦寒熱陰維行諸陰而主榮榮爲血血屬心故苦心痛兩蹻脈病在陽則陽結急在陰則陰結急受病者急不病者自和緩也衝脈從關元至咽喉故逆氣裏急督脈行背故脊强而厥任脈起胞門行腹故病苦內結男爲七疝女爲瘕聚也帶脈回身一周故病狀如是溶溶無力貌此各以其經脈所過而言之自二十七難至此義實相因最宜通玩

三十難曰榮氣之行常與衛氣相隨不然經言人受氣於穀穀入於胃乃傳於五藏六府五藏六府皆受於氣其清者爲榮濁者爲衛榮行脈中衛行脈外營周不息五十而復大會陰陽相貫如環之無端故知榮衛相隨

也

此篇與八靈樞第十八篇岐伯之言同但穀入於胃乃傳與五藏六府五藏六府皆受於氣靈樞作穀入於胃以傳與肺五藏六府皆以受氣爲少殊爾皆受於氣之氣指水穀之氣而言五十而復大會說見一難中四明陳氏曰榮陰也其行本遲衛陽也其行本速然而清者滑利濁者慓悍皆非澀滯之體故凡衛行于外榮即從行於中是知其行常得相隨共周其度滹南王氏曰清者體之上也陽也火也離中之一陰

降故午後一陰生即心之生血也故曰清氣爲榮天之清不降天之濁能降爲六陰歎而使之下也云清氣者總離之體言之濁者體之下也陰也水也坎中之一陽升故子後一陽生即腎之生氣也故曰濁氣爲衛地之濁不升地之清能升爲六陽舉而使之上也云濁氣者總坎之體言之經云地氣上爲雲天氣下爲雨雨出地氣雲出天氣此之謂也愚謂以用而言則清氣爲榮者濁中之清者也濁氣爲衛者清中之濁者也以體而言則清之用不離乎濁之體濁之用不離乎清之體故謂清氣爲榮濁氣爲衛亦可也謂榮濁衛清亦可也

紀氏亦云素問曰榮者水穀之精氣則清衛者水穀之悍氣則濁精氣入於脈中則濁悍氣行於脈外則清或問三十二難云血爲榮氣爲衛此則榮衛皆以氣言者何也曰經云榮者水穀之精氣衛者水穀之悍氣又云清氣爲榮濁氣爲衛葢統而言之則榮衛皆水穀之氣所爲故悉以氣言可也析而言之則榮爲血而衛爲氣固自有分矣是故榮行脈中衛行脈外猶水澤之於川澮風雲之於太虛也